MW01055104

Merci à Bernadette, Karen et Maryse
qui m'ont aidé
et à tous ceux qui s'occupent de nos enfants

Pour Léon, Margot, César, Félix,
et tous les enfants de l'immeuble

© 2000 Albin Michel Jeunesse
22, rue Huyghens, 75014 Paris - www.albin-michel.fr
Loi 49-956 du 16 juillet 1949
sur les publications destinées à la jeunesse
Dépôt légal : second trimestre 2000
N° d'édition : 13551/26 - ISBN-13 : 978 2 226 11288 0
Impression et reliure : Pollina s.a., 85400 Luçon, en juillet 2019 - 90540

Serge Bloch

L'école de Léon

ALBIN MICHEL JEUNESSE

Oui, je sais !...

... On ne dit pas l'école à Léon mais l'école de Léon.
C'est Karine qui me l'a dit et Karine, c'est ma maîtresse.

Elle est très belle parce qu'elle a des cheveux très longs de princesse.

J'ai une maîtresse maintenant parce que je vais à l'école.
À l'école MA-TER-NELLE.
C'est en haut de la rue où il y a ma maison.

C'est pratique
parce que le matin,
on a juste...

à monter.

... Et le soir
à descendre.

Avant, j'allais à la crèche.
Mais voilà, maintenant je suis grand, je n'ai plus de couches...
Alors je vais à l'école depuis la rentrée.

La rentrée, c'est le premier jour où on va à l'école.
C'est-à-dire que le matin, il faut se lever. Maman me dit :
« Debout mon Léon ! il faut se réveiller… »
Mais moi, je lui réponds : « Laisse-moi dormir ! LAISSE-MOI DOR-MIR ! »

Je ne veux pas sortir de mon lit. J'ai encore sommeil.
Parce que, évidemment, hier soir, je me suis relevé pour...

un petit biberon d'eau,

un petit câlin avec maman,

une petite cassette,

et un petit bisou de papa.

Mais maman me dit : « Allez Léon, lève-toi ! »
Aujourd'hui, c'est LA RENTRÉE ! Il ne faut pas être en retard... »

Bon, je finis par me lever. Je m'habille... enfin, maman m'aide un peu...

Je prends un bon gros petit déjeuner et ZOU, on est partis !

Sur le chemin, je suis un peu inquiet.
Mais maman et papa me disent que je vais
me faire plein de copains.
Et puis je serai avec mon grand frère.
« Allez mon Léon, on y va maintenant ! »
Et c'est là...
que tout a commencé !

En arrivant, on nous a mis un écriteau autour du cou.
Tous les enfants en avaient, comme des étiquettes dans un magasin.
Peut-être qu'on allait nous vendre. Mais papa m'a expliqué
qu'il y avait mon nom dessus et aussi le nom de ma maîtresse...

À l'intérieur, on a dit bonjour à madame Rouget, la directrice.

Et on est allés dans ma classe... C'est la classe des petits de Karine.

Et là, c'était l'horreur !

Il y avait plein d'enfants qui pleuraient,
des vraies sirènes de police, et plein de parents
qui essayaient de les consoler.
Et au milieu, comme sur une île,
il y avait Karine avec ses cheveux très longs de princesse.

C'était ça, l'école !...
J'ai serré la main de maman et j'ai senti
comme si je pleurais à l'intérieur
pour pas que ça se voie.

Mes parents ont discuté avec Karine
et on a fait le tour de la classe. Puis, ils m'ont dit au revoir.
Là, j'ai vu une petite larme au coin de l'œil de maman.
Pour les mamans non plus, ça n'a pas l'air drôle la rentrée...

Et Pfuit, ils sont partis.

Toute la journée, on a fait plein de choses : on a collé des gommettes,
Karine nous a chanté des chansons, on a goûté, sauf ceux qui n'ont fait que pleurer.

Puis le soir est arrivé… Maman est venue me chercher, ouf !
Je lui ai dit : « Maman, tu vois, c'est fini l'école.
Je n'ai plus besoin d'y retourner. »

Maman m'a répondu que l'école c'était tous les matins.
Et j'ai pensé : Aïe, Aïe, Aïe, alors c'est tous les jours la rentrée !

Mais maintenant,

j'aime mon école !

Il y a beaucoup d'adultes pour s'occuper des enfants :

Madame Rouget, la directrice

Coralie, la maîtresse musicienne des petits grands

Ronaldo, le maître-bricolo

Anne, la grande maîtresse des grands

Karine, ma maîtresse

Marie-Lise,
la maîtresse
jardineuse

Yolande,
la gardienne

Sylvie, qui aide
les maîtresses

Rachida,
la dame
de la cantine

Nathalie,
qui aide Rachida

Et puis, j'ai beaucoup de copains.

Margot

Louise, Madame Bobo

César, mon copain de bagarre

Monsieur Marius dans la lune

Madame Lucie-je sais tout

Félix

Marcel qui ne tient pas en place

Antonin,
le roi des bêtises

Zoé et
sa tétine

...lodie qui
...t toujours
...moureuse

Tout ce qu'on a le droit de ne pas faire

On ne se bat pas

On ne se griffe pas

On n'apporte pas de jouets à l'école

On n'arrache pas les plantes

On ne monte pas sur le toboggan
quand il est mouillé

On ne monte pas sur les lavabos

On ne joue pas avec l'eau

On ne bouche pas les toilettes
avec du papier

On ne se pousse pas dans
les escaliers

On ne glisse pas sur la rampe

À l'école, il y a plusieurs classes :
des classes de petits, de petits moyens,
de moyens grands et de grands.
Mon frère, il est moyen grand. Sa classe est en haut.

La mienne est au bout du couloir.
Quand j'arrive, j'accroche mon manteau là où il y a ma photo.
Je fais un bisou à maman et hop, au boulot !

Dans la classe, on choisit son activité.
Pour aller jouer au garage, je mets le collier bleu.
Il y a une couleur de collier par activité.

Mais au garage, il y a déjà César.
César, c'est mon copain sauf que là, il a pris
la camionnette rouge, celle que justement je veux.

Karine arrive et nous sépare.
Elle nous explique qu'à l'école, on partage les jouets
et que chacun pourra avoir la camionnette à son tour :
ça s'appelle « LA VIE EN SOCIÉTÉ ».

N'empêche, j'en ai toujours autant envie !...

Après on s'assoit tous autour de Karine,
on dit des comptines et on mime avec les doigts.

Les comptines de Karine

Un gros chat gris

Un gros chat gris dormait
Cinq petites souris,
sur son dos dansaient.
Le chat les a prises, tant pis !

Doigts frappés, doigts croisés.

Doigts frappés, doigts croisés,
Mains ouvertes, mains fermées,
Mains cachées, mains venez.
Mains dansez, mains frappez.
Mains dormez.

La famille Tortue

Jamais on n'a vu,
jamais on ne verra
la famille Tortue
courir après les rats.
Le papa Tortue,
Et la maman Tortue
Et les enfants Tortue
iront toujours au pas.

Ensuite, c'est l'heure de la gymnastique :
on fait des parcours. Il faut être courageux parce que parfois,
c'est très dangereux : on apprend l'équilibre.

Puis c'est la collation. Aujourd'hui, c'est moi qui fais la distribution :
il y a des gâteaux et une briquette de lait pour chacun.

Après, on va à la récré. À la récré, je retrouve mes copains.
On prend des petits vélos et on crie, on crie, on crie.

Quand on rentre dans la classe,
on dessine et on joue
à la pâte à modeler.

Puis, on va faire pipi
et se laver les mains
avant d'aller déjeuner.

La cantine, c'est sérieux ! Je mange de TOUT
parce que, ici, manger, jouer, apprendre,
C'EST MON TRAVAIL.

Après, on fait la sieste dans le dortoir avec le doudou qui reste à l'école,
parce qu'on est fatigués d'avoir beaucoup travaillé.

Puis on se rhabille, c'est pas facile. Il ne faut pas se tromper de pied.

Et Karine nous raconte des histoires.

Les chansons que je préfère

Un éléphant se balançait

Un éléphant se balançait
Sur une toile, toile d'araignée
Il trouvait ce jeu-là tellement amusant
Que bientôt, que bientôt...
Deux éléphants se balançaient
Sur une toile d'araignée.
Ils trouvaient ce jeu-là tellement amusant
Que bientôt, que bientôt...
Trois éléphants se balançaient, etc.

Sur le plancher

Sur le plancher
une araignée
se tricotait des bottes.
Dans un flacon
un limaçon
enfilait sa culotte.
J'ai vu dans le ciel,
une mouche à miel
pinçant sa guitare
Des rats tout confus
sonnaient   l'Angélus
au son   de la fanfare.
...

Un ouistiti

Un ouistiti
Tout petit tout petit,
Se balançait,
Hop-là ! hop-là !
Un gros serpent vint
en rampant
Pan pan pan pan pan...
Le ouistiti,
Il est parti,

Tant pis ! tant pis !

L'araignée Gypsie

L'araignée Gypsie
Monte à la gouttière
Tiens ! Voilà la pluie !
Et Gypsie tombe par terre.
Mais le soleil a chassé la pluie
La pluie, la pluie,
la pluie.

Enfin, c'est l'heure des mamans.
Ça veut dire que les mamans arrivent pour nous chercher
mais parfois, ce sont les papas, les mamies ou Sabrina.

En tout cas, l'école est finie...

... alors je rentre à la maison...

Dans mon école,
j'ai des amis.
Parfois je pleure,
parfois je ris.

Dans mon école,
je grandis !